ラウンド・ミッドナイト

Round Midnight

風の言葉

めくるめく深夜に果てしなく巡る思いが
きら星の如くちりばめられるとき
ありふれた孤独が
突如として気高い言葉と化し

心に浸透して魂にまで到達したかと思うと
独立した一個の人間として人の世を生き抜く立場に
ほのかに温かい光をそっと授け

此処にこうして在る危うげな命を
そうでないものに変えてゆき

生を心底から好ましく思える
ささやかにして偉大な奇跡をもたらす

人は花に咲けと言い
花は人に咲けと言う

別れるしか栓術もない
コスモスの駅
忘れじ川は
泣いて流れる

開花の連続という
そんな植物が存在しないように

成功の連続という
そんな人生もまた絶対にあり得ない

年齢を重ねるにつれて精神が熟してゆくような

そんな自由の道を

ただひっそりと歩むことができればと願うとき

永遠の今が
馬鹿のひとつ覚えのように
「すべては空なり」と
それればかりを延々とくり返す

本物の感動をもたらす〈生〉とは
必然的に進化と深化の道を辿らなくてはならず

それを可能にするには
飽くなき追求と
地道な努力の積み重ね以外にあり得ない

暗黒と漆黒の宇宙に幽閉され
監禁されて
理不尽な制約を受けつつ
生き死にを恒久的に反復する命

もしそれが事実であったならば
忌まわしさと煩わしさの
まさに極みと言うべきであろう

テントウ虫だって
スズメだって
ボウフラだって
しっかりとこの世を生き抜いて

ちっぽけな命を全うしようとすれば
当然のことながら
それはもういろいろあるのだ

一生を費やしてもまだ足りないほどの
できればあと五百年の寿命が欲しいと切に願うような
それほど奥深い
底なしの感銘を望みたいと思える

そのための営みであり
そのための人生であり
そのための世界でありたいと

切に切に
願わずにはいられない

絶え間ない不安と焦慮こそが
存在の本体であり
実在の血と肉にほかならないとすれば
わが身の不運を呪うなどということは
愚の骨頂にほかならないではないか

苛酷な現世を根底で支えているのは
詩的な真理と
至福の予感と
生への渇望

はてさて
それ以外に何があろう

草にも豊かな情が具《そな》わっており

花がそれを余すところなく
心貧しい人に伝える……

ぜひとも
そうであってほしい

甦生を本気で求める
その息吹こそが

再生復活のための
神通力を発揮せしめるのであって

神聖にして不可侵なる存在とは
おのれ自身であって
ほかの誰かではなく

さりとて
自己自身しか認めぬ
孤立した個人であっては
断じてならない

自我を堕落させる誘惑のあれこれは
常に当人自身からもたらされ
のみならず
周辺の好人物たちまでもが
その悪影響に晒されてしまう

結局のところ
人間の性向とは
のべつ破局へ向かって突き進みたがり
その反動として
大成功をめざすほどに
ひとりでにそこへの道が拓けてくる

「人の人たる所以とは
果たしてなんぞや」
などという青臭い呼びかけに
いちいち惑わされていたのでは
苛酷に過ぎるこの世を
自分好みの形では
全うできないだろう

人は皆
ろくでもない夢想と
あり得ぬ熱狂を求めて生き
だからこそ
生涯に亘《わた》って心乱れ
不安と緊張を強いられる

いつの世であっても
絶対者を嬉々として容認し
その手の輩を
首を長くして待ち受けるという
そんな堕落の風しか吹いていないと思うのは
大きな誤りだ

渾沌が当たり前の世に満つる
永遠の矛盾のあれこれなどは
何も驚くには値しない
なぜと言えば
秩序も無秩序もすべてひっくるめて
存在の証しなのだから

それでもなお
物の弾みか運命の悪戯で
人ならざる人と化す方向へ
著しく傾斜したときは

おのれが
広大な宇宙のなかにあって
芥子《けし》粒《つぶ》の一点以下の
無に近い存在であると悟り

その自覚の奥から
まさに救世主が出現し
それは神ではなく
もうひとりの自分自身

花がひもとく瞬間にもたらす奇跡は

この世こそが地獄ではないかという
執拗にして粘っこい虚無感を
さらりと吹き飛ばしてしまうことで

どうあってもそれが
信じられないと思うのならば

どこか近所に広がる
春の野辺を
さすらい人よろしく
さまよってみるがいい

真の言霊に出会うとき
暗愚な心に
愛と労《いたわ》りの情を秘めた
ロウソクのそれにも似た光が
柔らかく射しこみ
傷だらけの魂を通過しながら
修復の言葉を投げかけ

ときとして
隠語のように猥雑で
またときとして
稚語のように気稟《きひん》に満ちあふれ
世界が不毛の荒野ではないことを
穏やかに訴えかける

この世こそがあの世ではないかと思うから
生きてみようと

都市こそが不毛の荒野ではないかと思うから
住まないでおこうと

さもなければ
敢えて暮らしてみようと

そう考えてしまいがちな
人間の複雑さと猥雑さを

とことん面白がって
存分に堪能してみるのも
また一興

一体全体人は皆
荒《すさ》む一方の地上において
何を渇望し
何と調和を図り
何を創造しようとしているのか

おそらくは
自分自身と酷似した誰かであり
さもなくば
似ても似つかぬ
正反対の他人であろう

果たしてそれは
本当に悩まなければならないほど深刻な問題なのか

この際
よくよく頭を冷やして
じっくり考えてみてはどうか

さすれば
取るに足りない
悩むに値しないものだと

そう悟る場合が
間々あるはずだ

のべつ感じている
不幸や悲劇の予兆は

絵に描いた餅としての
三流の文学や絵画に毒された
まずもってあり得ない幸福の

その反動がもたらした
どす黒い影であることに
すぐさま気づくであろう

眠られぬ夜というのは

怠け癖が付いた人生に対する
虫のいい期待から生まれた
ちょっとした罰であることを知ったとき

いつしか知らず
安眠の世界へといざなわれ

翌朝にはもう
明日への扉が開かれている

たった一輪のマメザクラの花が

たった一羽のオオルリが

たった一滴の雨粒が

美はひとつの恍惚であると
清純な語り口ながらも
きっぱり
そう言ってのける

厳選された花のなかの花が
自信たっぷりに放つところの
言語を絶する恍惚感

それは
人の心に堆積している
誤ったものの見方を一掃し

生きる目的とやらを
あっさりと覆し

永遠の法則がどうであろうと
個々の心理の揺らぎがどうであろうと
そんなことには目もくれない

雨上がりの虹は

生き抜くことが可能かもしれないという
実に好ましい錯覚を与え

なお且つ
人間を動物として眺める眼差しを授け

本性の底に横たわる不気味な魔物について
晴れやかに語ることが
いとも簡単にやってのけられるのではという
そんな好ましい錯覚と誤解を
さりげなく恵んでくれるのだ

生在るところに
必ずや死在り
死なくして生なく
生なくして死なし

とはいうものの

生への罰として死が在るわけでは
断じてない

美は無限であり

美は底なしであって

ために

ひとたびそこへ足を踏み入れて
本道を歩むことの醍醐味を知った者は
二度と抜け出せず

しかしながら
各種の依存症のそれとは正反対

おのが昼と夜を
生そのものにすべて捧げることにより

胸のうちに激しく渦巻く不浄なものが
いつしか知らず
無理なく取り除かれ

かくして
澄みきった心の底から
真の希望がむくむくと湧き上がってくる

陰鬱な響きを有する
　魂に紛れこんだ言葉を
　どうあっても排除したいと願うならば

　むしろ
　謙虚に耳を傾けるべきであろう

ともあれ生まれてきてしまったからには

罪にあふれた人間社会を大いに楽しみ

次の一瞬に

いかなる悲劇が生じるか予測もつかぬ憂き世だからこそ

生きるに値するのではないかと

無理やりにでも

そう思いこもう

人の魂は
いまだ哲学や医学の手に負えず
依然として測知されがたく
神秘な不条理という
恐ろしく高い障壁に囲まれてはいるものの
だからといって
心のすぐそばにひたと寄り添っていることは
紛うことなき事実だ

貴賤上下の別なく
　結局は金が物を言うことになってしまう
　　胴欲な仕打ちが日常茶飯事の
　　　時世の真っただ中に

嘘でもいいから開き直って
　でんとわが身を置くとき

天国も地獄も
　所詮は幻にすぎぬことを
　　しみじみと思い知る

どこの何様であろうが
生者の端くれである限りは
狂気を完全に免れることはあたわず

よしんば可能だったとしても
それは無味無臭の世界にすぎず

生きる価値のない
見せかけの平和に塗りこめられた
荒漠たる空間にすぎない

悵然《ちょうぜん》たる人生が
所狭しとひしめき合う世間は
もはや悪を打破する力をすっかり失って

それ故に
世間のどこもかしこもが
解決不可能なことだらけ

いかなる逆境にあっても
常に朗らかな
恬然《かつぜん》たる態度の
自存自衛を渇望する者は稀で

蔓延する差別と格差
隠しきれぬ内心の動揺
それこそがまさに活気の源泉であり

そしてまた
魂を曇らせてゆく主因でもある

言葉に深くのめりこむほどに
言葉を必要としない世界が
鮮やかに浮上し

思考を停止させたときに

語り尽くせなかった心理の数々が
五体のなかに
余すところなく表現されていることに
はっと思い当たる

世に氾濫するイメージ優先の言葉
そうした妄想に振り回されることなく
しばしのあいだ左脳を休めて
貝のように黙りこくったまま
感想や持論のたぐいと手を切って

眼前に果てしなく広がる
現実という名の空間を
とっくりと眺め渡そう

さすれば

芸術にも哲学にも与えてもらえなかった
真に偉大な力に
きっと巡り合えるだろう

所詮は道具でしかない言葉を
自己の篩《ふるい》に掛けて選択せずに
それを信じ過ぎることは
甚だ危険であり

傲慢に陥るか
さもなければ
精神の衰退を招いてしまうだけ

この世で過ごす数十年など
所詮は泡に等しい儚いもの

だからといって
それ以外の世界を知らない限りは
そこがすべてと見なすしかない

のべつ自己陶冶《とうや》に勤《いそ》しみ
個人の自由を踏みにじる力を嫌悪しながら
崇高な目的に向かってひたすら邁進する
ほんのひと握りの人々

かれらは皆等しく
感服に足る鉄人であり

渾沌から普遍的な真理を引き出す生涯に
全身全霊をあげて打ちこむ
偉人のなかの偉人である

賢者以外の人々が全員愚者であり

かれらが送るのは
すべて卑しむべき生涯であるという
そんな決めつけ方は
あまりにも早計で

それこそが
まさに愚者の発想というものだ

定まったかに思える性格が
　一度見失われた後に
　再発見されるということは多々あり

従って
　いかなる人物評価も
　結局は皮相なものにすぎず

たとえば
　同一個人においても
　出会うたびに異なる印象を受けてしまい

まして
　赤の他人の思惑など
　何をか言わんやだ

おのれ自身の胸のうちですら
正しく読みきれないのだから
人間の思慮分別なんぞは
義理一遍の念仏と同様
なんともおめでたい幻想なのかもしれない

体験から放たれるところの
感化力の偉大さについては
今さら語るまでもないであろう
それを重々承知のうえで
思索のただ中に独りぽつねんと佇むとき
閉じたままの口の奥から
福音の前触れにも似た呟きが
思わず知らず飛び出してくる

爛漫たる春に包みこまれるとき
いつかきっと在る良き日が
光風のひと吹きによって約束される

誰かに騙されることを
密かに期待している者は
約束のすべてが空手形に終わるまで
永遠の華やぎが実在するかのような
華麗なる錯覚を楽しむ

瞬時にして魂の一部と化してしまうような
そんな悲劇が間々あり
その積み重ねが
悪人にも善人にも変える

「世は末世だ」というぼやきを一笑に付し
哀悲を食《は》んで生きる人間に対しては
「この世に意味を問うてはならない」と
そう言ってやりたい

極限まで純化された精神は
一時の感動をもたらした後
やがて
いかにも切なげな色を帯び

それは
大いなる絶頂を想わせながら
その実
破滅へと導く

人生における冬というやつは
当然ながら挫折や失敗の期間にほかならず

植物と同様
さらなる飛躍のための必須条件で

それは人を孤独の地獄に投げこみ
その地獄から脱出できなかった者には
自死の道を選ばせ

闘っておのれを頼む力を付けた者には
再生復活の道を進ませ

のみならず
超回復を授け

それ以前より強さを増した命でもって
より素晴らしい生を
確実に差し招くのだ

現実逃避のための美
安っぽくて恥ずかしいナルシシズムをくすぐってくれるための美

そうした
反自立の
当然の闘いさえも放棄した
堕落の美が世に氾濫し

いつしかそれが
芸術の核を成すものと
定まってしまっている

ため息を浴びても崩壊しそうな
　弱い美のみによって構成された芸術を
　隠れ蓑として利用する人種の激増につれ
　　本来の生きる姿が大きく歪められて
　　その尺度が人間らしさという尺度に固定され

ついには
躍動的で力強い
本来の命の在り方が
どこか遠くへ吹き飛ばされてしまった

苛酷に過ぎる現実は
いつの時代であっても
万人の周りを幾重にも取り囲んでおり

いかなる虚構をもってしても
それから逃れることはあたわず

一時のごまかしなんぞで
どうにかなるほど軽いものでもない

強者というのは
果たして本当に強者なのか

弱者というのは
果たして本当に弱者なのか

わが住処であり

わが仕事場である限りにおいて

そこがいかに貧寒の地であっても

掛け替えのない

唯一無二の存在場所なのだ

太陽を翳らせ
夢の迷路に陥った錯覚を与えて

しまいには
狂気に取り憑かれてしまうほどの生涯に仕立て上げようという
確固たる決意は

生への欲求と同様
理性的な意志を
激しく突き動かして止まない

おのが身を置く場所は

遠来の客人を迎えるための
死後の世界の住人たちの息遣いを真似るための
はたまた
運命の浮沈から逃避するための
そんな空間ではなく

まして

自身の内部の存在者を探り出すための

そんな場でも断じてない

至高の命をじっくり味わうために果てしなく広がる大宇宙

だからこそ

閉ざされた世界に閉じ籠もることは死者の行為であり

生得的に堕落した存在である人間としてのわが身を
神仏の足元にうずくまって
いくら嘆いたところで
救いの光を浴びることはけっしてない

開花の瞬間に

えも言われぬ美しい響きを発するというが

その際

高貴な心情も

黄金の知識も

真理に至る捷路《しょうろ》も

すべて影を潜めてしまうのでは……

いかなる種類の美であれ
それと接する者の魂が
いかに純粋であるかを
容赦なく試してくる

偽りの生を
本物の生から区別する能力を具えている者は
誰も憎まず
誰も愛さぬ他者を前にした際
ぴたりと口を閉ざしてしまっても
心まで閉ざすことはないだろう

息苦しいばかりの華やかさを醸す
大成功に包まれた者は

いつしか現実との悪戦苦闘の充足を忘れて
耽美派を気取るようになり

それが引き金となって

転落の道へとどんどん分け入って行く

現世に嫌悪の情を催すことから
真の生が始まり
そうした苦悩にあふれた生に向けて
一途に身を焦がすことから
本物の命が息吹く

天の配剤を称えよと
そう声高にのたまうのは
なんのことはない
天自身のみだ

あれほどまでに募った虚仮《こけ》の一念も
数年を経た今ではもう
入り潮のごとく綺麗に引いてしまっている

よしんばそのくり返しの人生だったとしても
他人が思うほど悪いものではないだろう

一世一代の哲人は
一虚一実の生涯に対して
異議を唱えることがない

とはいえ

そんな者は存在しないのでは……

生きながらにして
死に優る永遠の静けさを手に入れたかのような

たとえるならばそんな心境を
幸福と思いこんでいるのだとすれば

今まさに不幸のどん底にあることを

ゆめゆめ忘れてはならないだろう

何かに付けて
否やを激しく問うてくる
もうひとりの自分が
跡かたもなく消え失せたとき

それは悟ったのではなく
自我そのものに重大な欠陥が生じた
絶対的な証しだ

心湧き立つ一瞬
解毒剤の役割を果たしてくれる恍惚
甘美な慰めをもたらさずにおかぬ夕焼け
生きるほどに歪んでいった人生

優しく
温かく
そして
きっぱりと是認してくれる未来

それ以上何を望むのか

牢固として心に根付いている偏見のあれこれを
さりげなく取り去り

胸のうちの埒もない蟠《わだかま》りを
洗いざらいさらけさせしまう

そうした崇高な出会いが
たった一度でもあったならば
その生涯は大成功だと言えよう

多大な犠牲を払い
苦い経験を積み重ね
全霊をあげて希求してきた行為が

結局のところ
自己欺瞞のたぐいにすぎなかったことだとわかっても
さほど気にする必要はない

なぜとならば

この世における存在そのものが
まさに欺瞞の塊なのだから

現世における一切合切をひっくるめて笑い飛ばし
何はともあれ生きるに値するという
そんな強引な大前提のもとに
命の糸を紡いでみることも
また一興か

逃げて逃げて逃げまくったその付けは
いつの日かきっと払わされる羽目になり
そのときには
すでにして人生に挑む意欲を一滴も絞り出せぬほど
悲惨な状況に立ち至っているものなのだ

酒に依存し
ギャンブルに依存し
情愛に依存し
危ないクスリに依存し
国家や社会や家族に依存して
ぼろぼろになった一生を
破滅の美や有終の美と解釈するのは
当人の勝手だが

人間らしい末路と決めつけるのは

とんでもない間違いだ

絶え間ない試練との正面衝突は
生き抜くための必須条件であり

それこそが
存在の証明にほかならず

それ抜きでは
真の充足に直結する命の輝きなど
絶対にあり得ない

ほかの動物たちと同様
人間の牡もまた大別するとふたつに分類され
　家族をしっかりと守ろうとする牡と
　家族の暮らしを妨げる牡

ところが
人間の牡はというと
恋愛や結婚や家庭という図式を
ひとたび胸に想い描いてしまうや
相手の牝の正体を探ろうとはせず
おのれの勝手な世界に引きずりこみ
そうした錯覚と誤解の数年後には
決まって泣きを見る

しかし
どの花も黙したまま咲きつづけ
我関せずとばかりの
とはいえ
必ずしも冷たい態度ではなく
微かに温もりを感じさせてくれる
その妖艶なる沈黙をもってして
至上の回答とする

いやしくも芸術に携わる者は
すべからく異端の存在であるべし

別言すれば
叛逆の徒たるべし

独りで
密やかに
ありふれた小道を
走破や踏破といった気負いを持たず
何も考えないで
無理のないペースを保ちながら
ひたすらおのれをこの世に溶けこませる

そんな気持ちにさせてくれる
爛漫たる春の季節を
これまでの七十有余年に
幾度体感したことか

天体の輝きのひと粒ひと粒と
じっくり向き合うとき

そこから得るものは

人生の手引書のたぐいの数万冊を読破するより手応えのある
言葉には言い表せない
正真正銘の答えであろう

たっぷりと電気を帯びた
ひと塊の黒雲がひと暴れして立ち去った
真夏の昼下がり

涼風が立ち
ヒグラシが鳴いて
わが庭が輝き

芳香と色彩の誘惑に晒されて
　時間が止まり
　　どこまでも感傷的な恍惚の瞬間が訪れて
　　　花々は啓示者に変身し
　　　　指紋のごとき個性を有したかれらと
　　　　　粘り強い作庭者は
　　　　　　超自然的な絆で結ばれる

幸福なんて
どうせ幻であり
蜃気楼であり
不知火《しらぬい》であり
虹であって

それ以上でもなければ
それ以下でもなく

懸命に呼び掛けてみたところで
答えを投げ返してくれることはない

はてさて
それが現実というものなのか

真理のなかの真理は
すべての命が様変わりの果てに
死に取りこまれてしまうことだという

そうした短絡的な結論は
悲惨な最期を迎えるときですら
断じて口にしてはならない

自然死は
　あの世への入口かもしれないが
　　自死が
　　　生の破壊の意味しかないことだけは
　　　　否むに否めぬ事実だ

動物と植物とを問わず
ひいては鉱物ですら
この世に存することの唯一の命題は
ただ生き抜くことのみであって
断じてほかの何かではないはずだ

絶えざる変動が当たり前の世界にあって
花の季節のみを振り返ってはならない

快楽と痛苦が離れがたく絡み合うことで成り立っている生涯を
どうにかくぐり抜けて行く者としては
一時のより良き状態に拘ってはならない

常に現在のなかにしか存在しないおのれをしっかりと把握し
その折々に自己を律せよ

そして
そんな生き方こそが宿命づけられているのだ

心の腐敗に身を任せる日々は
真っ当であるべき視線を
真実の大道からそらせてしまい
修正を施すために不可欠な
明晰な知性を奪い

やがて
お上の言いなりの
野卑な大衆のひとりに変えてしまう

先鋭的な性格と
敵しがたい力を有し

知性を曇らせる欲望を具えた
甚だ危険な存在が

他者の犠牲において生き延び
不条理の神格化に成功して
社会により深く根を張ったものの

この世と地獄の境がいまだにわからない
いつまでも人間になれない獣として
一生を終えてゆく者は
間違いなく実在する

明日を想うとき
今がきらきらと輝き始める

明日を想い過ぎるとき
今が死に瀕している

帆もなく
舵もなく
羅針盤もない
そんな船に乗って
この世を思い切りさすらうことこそが
生の生たる証しであって

それ故に
豪華客船の乗客は
最後まで海を理解できない

宿命的に
ひたすら自然の摂理に則って生きる命は
途方もない光輝に包まれているように見えても
結局のところ
極限された感情にみずから埋没してしまうだけ

心密かにほくそ笑みながら
「生きよ、もっと生きよ！」と煽《あお》るのは
神仏のたぐいではなく
悪魔や悪鬼に決まっている

さもなければ
真の姿の自我なのかもしれない

期待して止まないのは
その程度の充足や感動なのかと自問してみても

しかし
その答えがきっちりと返されたためしは一度もなく

あとはもう
感情や精神を突き抜けたところで交わされる
魂の囁きに心耳《しんじ》を傾けるしかない

燦然たる光輝を放っているのは
はてさて
虚と実のどっちであろうか

美しい色艶の
鮮やかな破局が殊のほかよく似合う
可憐な草花が芬々《ふんぷん》と薫るなか

普遍的な勤めを果たしたちっぽけな命の
すっと消えてゆく
春の昼下がりが
孤独者をこの世から一掃してしまう

形而上の世界に向けて
身の程知らずにも告発の矢を射る

そんな大胆な輩が
登場しなくなって久しい

大宇宙の全豹《ぜんぴょう》に及ぶ
物象のいっさいが

途方もなく気持ちのいい
非の打ちどころがない
純理にきちんと従っている

万物を一に帰すほどの
無碍《むげ》の意味を履き違えてしまいそうになるくらいの
啓発的な魅力にあふれた世界を夢見るとき

「そんな我はいったい何者ぞ」という囁きに
完全包囲されてしまう

戦争という現実のなかの現実に
否応なく直面してしまうとき

綺羅星のごとき
さすが古今の哲人たちも
すべての言葉を引っこめるしかない

固定化された美の世界に安住するばかりの
ただそれだけの秀作を
傑作に位置づけるのは

芸術の愚弄に繋がるばかりか
進化と深化を著しく妨げる

苛酷な空の下で
ただ独り生きようとする命だけが

歓喜という名の
大いなる感動に与《あずか》ることができ

よしんばそれが刹那に思えても
しかし実は
永劫の象徴を得た証しなのだ

奮闘によって生き抜いた
その結果としての死は

不滅の生を獲得したも同然の
途方もなく気高くて
真に誇るべき
希有な現象のひとつに間違いない

嵐を巻き起こそうと本気で決めたのならば
嵐が収まった後の虹を期待してはならない

なぜとならば
次の嵐を差し招く嵐こそが本物なのだから

芸術の真の力の源泉は
生きんがための生存競争をも含めた
現実社会そのものに在り

より正しく言えば
自分以外の生を貪り食らい合う
命同士の激しい闘争そのものに在るのだ

そうした基盤の上に立っての美であるならば
感動はより深く根を張り
心のみならず
魂にまで及ぶであろう

人が偉大に思えるのは
おのが存在とその状況を
何はともあれ
自認して自覚しているからで

人が悲惨であることも
それとまったく同じ理由によるものだ

世界じゅうが罪のうちに埋没する運命であろうと
　自己の生存競争を遂行するばかりの命であろうと
　　好戦的な富者たちが統《す》べる惑星であろうと
　　　我々の未来を緊縛しているのが我々自身であろうと
　　　　生の目的や存在理由が永遠の謎であろうと
　　　　　か弱き生き物すべてが絶滅する運命であろうと

紅葉がもたらす陶酔の一日を堪能したならば
　たったそれだけで
　　上出来の生涯と言えるかもしれない

純粋に在るがままの現実というのは
いかなる生命に対しても
のべつ苛酷な闘いを要求し

そして
それを回避できた例は皆無だ

めくるめく自由の
気高い門は

現実との鬩《せめ》ぎ合いを忌避した者の前に
ぴったりと閉ざされてしまうだろう

生き抜くための闘いは
夢想のなかではなく
現実のなかの現実にしか秘められていない
真の宝を発掘することにほかならず

ひいては
自分で選んだわけではないこの世に
偉大な目的を与えるための
崇高な生き方ではないのか

人の意志なるものが
果たして精神の那辺《なへん》に在るのか知る由もなく

本来具わっているその力を信じ
万難を排してその力を発揮しようとする者たちの輝きは
バラのそれをはるかに上回る
見事なものになるだろうし

まさにそれこそが
ホモサピエンスとして最も相応しい
知性の王道を歩むことになるだろう

烈風はバラの花を
容赦なく散らし

しかし
薫風はバラが秘める美を
よりいっそう輝かせる

風とバラの日々をくぐり抜けて行くうちに
わが精神は
より精神的になり

わが魂は
よりしなやかなものと化す

もしも
作庭と文学の創作
これにぴたりと照準を合わせて
老年期を迎えられたことが
そうでなかったならば
幸運や幸福とは
いったいなんだというのか

いかに惨めであっても
いかに情けなくても
いかに孤独であっても

それはむしろ
命の実存を証明する
動かしがたい条件にほかならず

ために
ともかく生きてさえいれば
快不快の別なく
生に纏わる感動が付いて回る

わざわざおのが孤影に向かって話しかけずとも
ただ独りぽつねんとその前に佇んでいれば
先方から語りかけてくる

だからといって
いつでも誰にでもというわけにはゆかず

ときとして
死を唆《そそのか》す場合もあり

その際は
何を言われても屈してはならず
居直りをもってしての
反撃の一手あるのみだ

当然ながら
花にはそれぞれ絶頂期というものがあり
その期間は人が考えているよりもずっと短く
ほんの一瞬で

素晴らしい一瞬に立ち会えた者だけが
つまり
花を育てた者だけが

直観的な理解でもって
花の言葉を心耳で聴くことができるのだ

花が人に語り掛けてくる言葉は
一見放縦な快楽の色に染まりながらも

実際には
あらゆる属性を超越し
それを厳しく排斥するほどの
偉大な力を秘めている

厳選された草木のみを用いて
一分の隙もなく構成され
手入れの行き届いた庭は

昼は太陽の色を
夜は月の色を帯びて
唯我論をきっぱりと否定し

なお且つ
人の世の有為転変を
鮮やかに象徴する

おのれの何者なのかも知らず
底なしの悲しみや
燃えるような怒りに
さんざん振り回されながら
苦悩のなかに終えてゆく
痛ましい限りの生涯

いかなる美辞を連ねて称賛されても
所詮は果てしない罪の連鎖でしかない
この悪しき世界

だがしかし
春の綾を織り成す花々は
囁くような調子でありながらも
凛とした声でもって
観念の腐敗を防止する
不滅の言葉を発してくれるのだ

「前向きな孤独は
いずれ咲いて輝く」と

命もさることながら
魂それ自体が
確かに息づいており

しかもなお
否むに否めぬ気炎を吐いており

ために
よろめきがちで

そんな危うい魂を
極端なまでに凝縮された四季と
同列に並べられた昼夜が
巧みにからめ捕る

だしぬけに
まったくだしぬけに
苦難の思い出のとば口に立たされてしまったとき
救いの手を差し伸べてくれる
自分以外の誰かに期待してはならない

ただひたすら
　その状況を凝視しているうちに
　それがどうしたという
　内なる声が届き

　　真っ当な居直りが
　　克己を呼び寄せるだろう

南下する渡り鳥の群れが
　夜空全体に響く声で鳴き交わしながら
　　さやけき満月を滑るように横切って行き

　　　その姿が山の彼方の一点に消えると
　　　　代わりに翼を具えた郷愁が飛来し

　　　　　羽音を伴ったそれは
　　　　　　「情感がすべて」とくり返して
　　　　　　　頭上を易々と飛び去る

さまざまな刺激に富んだ
劇的な日々が
無際限に積み重なるとき

その間に
純粋にして無垢なる心に
何かしら喜ばしい予感が芽生え

するといつしか知らず
床しいとまでは言えなくても
それなりに均整の取れた人物へ向かって
勝手に進み始めている

四苦八苦して足掻いてみたところで
絶対に言葉が入りこめない領域が
厳然として存在し

旭日《きよくじつ》と
紅葉と
透徹した大気と
二重の虹が
混然一体となって生み出す
陶酔の晩秋の一瞬などが
その好例であろう

めくるめく風景を前にして
謙虚に佇むとき

暗かった胸のうちに
一条の光がさっと射しこんできて
子どもの頃に覚えた歌のひとつも
口ずさみたくなり

遠方の地で暮らす旧友を
はるばる往訪したくなる

何はともあれ
どうにかここまで生きてきたのだ
それだけでも
実に大したことだとは思わないか
それだけでも
幸運に恵まれた人生だったとは思わないか

そもそも幸福の尺度などというものは
実にいい加減な代物で

他人のそれと比較することで
くるくる変わってしまう

見事に咲いた花も
期待したほどには咲かなかった花も

他者に理解されようがされまいが
黙って散ってゆく

心の穴蔵にみずから閉じ籠もって
隙間から外界を眺めるような
そんな子宮回帰のごとき生涯を送るべきではない

この世をどこからどう眺めても
ひたすら耐え忍ぶために造られた世界とは
どうしても思えないからだ

美しく生き
幸福に死ぬ

花ですらも
その夢は潰《つい》えるというが

しかし
生きてみなければわからず

生きてみること自体に
美と幸が在るのでは

咲き残りの白いバラに
みぞれ雪が止めを刺す

それはもう
実に優しい殺し方でもって

そんな最期を迎えられたならば
最高の人生を送った証しと言えよう

なんとも芸術的な色合いで咲き
なんとも劇的な散り方をする
そうした花を念頭に置いて生きれば

普通の場合は
あまりに惨めな人生となるであろう

だがしかし
なかには稀に……と
そう思ってみることで
生の糸を紡ぎ
命を全うできる

運命の導き
そうとしか説明できぬような
摩訶不思議な力に後押しされて
急接近してくる幸福の足音は

聞こえた途端に
遠ざかって
二度と戻らない

されど
時と場合によっては

幸運がさらなる幸運を差し招き
奇跡がさらなる奇跡を呼び寄せることもあり

それだからこそ
無味乾燥の人生と承知しつつ
最後まで生きてしまうのだ

芸術家の想像力を圧倒し
ユートピア的な未来を色濃く暗示して

儚い命のひとつひとつに
取り消しのきかぬ自我に
一本筋の通った
揺るぎない根拠を授けてくれる

そんな真正なる自我を
夢想したりする前に
天命を自覚せよという声が届き
ために
正気に立ち返る

どんなにおのれを偽装し
どんなに自身の内部に閉じ籠もってみても
おのれの位置を明確に知ることはあたわず
おのれと折り合いを付けることもできない

たとえ同種同根の花であっても
そのひとつひとつに微妙な差があるという発見は
得がたい感動を差し招き

花弁の形状
大きさ
葉の緑の濃度
オシベの数といった
ささやかではあっても
決定的な相違が
見る者を深い感動へと導くのだ

生の意義というのは
死後に天国を約束する言葉のように
まったく受け容れがたい物ではなく

それを悟ったとき
存在の淵源に霞のごとく漂っていた空虚感が
綺麗に取り払われて
憂慮すべき事柄が悉《ことごと》く消滅し
自己を束縛から解放するための情熱が
胸のうちにどっと吹きこんでくる

白とピンクの狭間すれすれのところを縫って咲くバラは
上品に澄ました笑みを最後まで崩すことなく
物静かに散ってゆき

白の女王たる純白は
本物の白とは
他の色に君臨しながらも
絶対者とは一線を画する品位を保つ

生気のなかに影を投じて
命の価値をとことん下落させてしまうような
そんな下等な生き物は
少なくともこの界隈には見受けられない

無限の変転を辿ってやまぬ動物と植物と鉱物
それらは驚くべき魔法でもって
新しい生命を吹きこむための
密なる関係をしっかりと保っている

誰のものとも置き換えることがあたわぬ命は
先例主義的でありながら
常に進歩的であり
淡泊なように見えながら
実はとても粘り強く

それぞれが現世における自我の再登場を願いつつ
　態度を保留することのない自己に固執し
　　周辺に満ちるエネルギーを掠め取りながら
　　　一瞬の今を懸命に生きる

魂までが凍てついてしまうほどの
人生における厳冬に見舞われたとしても
その先に待ち構えているのは
必ずしも悲惨な破滅とは限らない

命の炎は
自分で吹き消したりしなければ
種火はいつまでも残されているから
再燃の可能性は否定できない

孤独な思索をやめよ
取り越し苦労はやめよ
悲しみの所在を確かめることもやめよ

一個の独立した人間として
応分の務めを果たしたのか
そんな自問もやめよ

人生の総決算の有無
それも考えてはならない

心の投影を悉く軽んじよ
さすれば内なる光が増し
この世の闇が薄まってくる

制約の一生で終わってもいいのか
　　道徳や法律やあらゆる規則
　その他のろくでもない諸々の不文律

そんなくだらないものに振り回され
過剰に適応して生きてきたのか
それで生きたと言えるのか
胸を張って言えるのか

花もまた見事であったが
種子のほうがもっと見事であった

なかには
そういう人間だっている

花の美しさを
真に理解しようと願うのであれば

花を夢見るしかない雪の半年を
耐えてくぐり抜けるべきだろう

自由を制止する言葉と出くわしたならば
即座に撃ち抜け

さもないと
精神が即死する

本当に自由に生きているのか

あなたの人生を執拗に束縛してきたのは
結局のところ
あなた自身ではなかったのか

おのれの人生を生きるのに
誰に遠慮が要るものか

ここら辺りでひとつ居直ってみよう
そして
生きたいように生きてみては

丸山健二（まるやま　けんじ）
1943年、長野県飯山市に生まれる。仙台電波高等学校卒業後、東京の商社に勤務。66年、「夏の流れ」で文學界新人賞を受賞。翌年、第56回芥川賞を史上最年少（当時）で受賞し、作家活動に入る。68年に郷里の長野県に移住後、文壇とは一線を画した独自の創作活動を続ける。主な作品に『雨のドラゴン』『ときめきに死す』『月に泣く』『水の家族』『千日の瑠璃』『争いの樹の下で』ほか多数。また、趣味として始めた作庭は次第にその範疇を越えて創作に欠かせないものとなり、庭づくりを題材にした写真と文章をまとめた本も多い。

田畑書店

ラウンド・ミッドナイト
風の言葉

2020 年 12 月 10 日　第 1 刷印刷
2020 年 12 月 15 日　第 1 刷発行

著者　丸山健二

発行人　大槻慎二
発行所　株式会社　田畑書店
〒 102-0074　東京都千代田区九段南 3-2-2　森ビル 5 階
tel 03-6272-5718　fax 03-3261-2263

装幀・本文組版　田畑書店デザイン室
印刷・製本　藤原印刷株式会社

ISBN978-4-8038-0377-8 C0095
定価はカバーに印刷してあります。
落丁・乱丁本はお取り替えいたします。